O Pequeno Príncipe

"Acredito que ele se aproveitou, para a sua fuga,
de uma migração de pássaros selvagens."

ANTOINE DE SAINT-EXUPÉRY

O Pequeno Príncipe

Com aquarelas do autor

O Pequeno Príncipe
Antoine de Saint-Exupéry
Tradução: Isolina Bresolin Vianna

1ª Edição, 2ª Reimpressão 2016

© desta tradução: *Edipro Edições Profissionais Ltda.*
CNPJ nº 47.640.982/0001-40

Todos os direitos reservados. Nenhuma parte deste livro poderá ser reproduzida ou transmitida de qualquer forma ou por quaisquer meios, eletrônicos ou mecânicos, incluindo fotocópia, gravação ou qualquer sistema de armazenamento e recuperação de informações, sem permissão por escrito do Editor.

Editores: Jair Lot Vieira e Maíra Lot Vieira Micales
Coordenação editorial: Fernanda Godoy Tarcinalli
Revisão: Francimeire Leme Coelho
Diagramação e Arte: Karine Moreto Massoca

Dados Internacionais de Catalogação na Publicação (CIP)
(Câmara Brasileira do Livro, SP, Brasil)

Saint-Exupéry, Antoine de, 1900-1944.
  O pequeno príncipe / Antoine de Saint-Exupéry [tradução Isolina Bresolin Vianna]. – São Paulo : Caminho Suave, 2015.

Título original: Le petit prince
ISBN 978-85-89987-33-2

1. Literatura juvenil 2. Literatura infantojuvenil I. Título.

14-11641   CDD-028.5

Índices para catálogo sistemático:
1. Literatura infantojuvenil 028.5
2. Literatura juvenil 028.5

edições

São Paulo: Fone (11) 3107-4788 • Fax (11) 3107-0061
Bauru: Fone (14) 3234-4121 • Fax (14) 3234-4122
www.caminhosuave.art.br

NOTA DA TRADUTORA

Nesta tradução, realizada a partir do francês, procurei manter a máxima fidelidade possível às expressões utilizadas por Saint-Exupéry no idioma original ao transpô-las para o português, a fim de preservar a essência de seus escritos.

A ingênua, pura e simples dedicatória que abre este livro deixa claro, até mesmo para as pessoas grandes, a intenção um tanto irônica do autor ao escrever um livro cuja singeleza vem permeada de profundidade.

Esta obra pode ser ao mesmo tempo um paradidático juvenil e um profundo livro filosófico, capaz de fazer os grandes se lembrarem, pensarem e sentirem, com maior profundidade, tudo quanto a vida adulta lhes roubou das compreensões sentimentais mais simples, tão mais profundas e mais válidas nas crianças, que a tudo compreendem, com sensibilidade, mesmo sem grandes explicações.

Para Léon Werth,

   Eu peço perdão às crianças por ter dedicado este livro a uma pessoa grande. Tenho uma boa desculpa: essa pessoa grande é o melhor amigo que eu tenho no mundo. Tenho uma outra desculpa: essa pessoa grande pode compreender tudo, mesmo os livros para crianças. Tenho ainda uma terceira desculpa: essa pessoa grande mora na França, onde passa fome e sente frio. Ela bem que precisa e merece ser consolada. E se todas essas desculpas não forem suficientes, prefiro dedicar este livro à criança que ela foi. Afinal, todas as pessoas grandes foram crianças outrora (mas poucas dentre elas se recordam disso). Assim, corrijo minha dedicatória:

                              Para Léon Werth,
                     quando ele era um menino

I

Quando eu tinha seis anos, vi, certa vez, uma ilustração fascinante em um livro sobre a Floresta Virgem, que se chamava *Histórias Vividas*. Ela representava uma jiboia que havia engolido uma fera. Vedes o desenho.

O livro dizia: "As jiboias engolem suas presas inteirinhas, sem mastigar. Nesse momento, elas não podem se movimentar, e dormem durante os seis meses da digestão.".

Então, refletindo sobre as aventuras na floresta, consegui, com um lápis de cor, traçar o meu primeiro desenho. Meu desenho número 1. Ele ficou assim:

Mostrei minha obra-prima para as pessoas grandes e lhes perguntei se o meu desenho lhes assustava.

Elas me responderam: "Por que um chapéu assustaria alguém?".

Meu desenho não representava um chapéu. Ele representava uma jiboia que digeria um elefante. Eu então desenhei o interior da jiboia, para que elas pudessem compreender. Elas sempre precisam de explicações. Meu desenho número 2 era assim:

As pessoas grandes me aconselharam a esquecer os desenhos de jiboias abertas ou fechadas, e a me interessar mais pela Geografia, pela História, pelos Cálculos e pela Gramática. Foi assim que eu deixei de lado, com seis anos de idade, o que poderia vir a ser uma magnífica carreira de pintor. Eu havia sido desencorajado pelo insucesso do meu desenho número 1 e do meu desenho número 2. As pessoas grandes nunca compreendem nada das coisas, e é cansativo para as crianças estar sempre lhes dando explicações.

Tive então de escolher uma outra profissão, e aprendi a pilotar aviões. Voei um pouco por todo o mundo. E a Geografia, certamente, muito me serviu. Reconhecia, à primeira vista, tanto a China quanto o Arizona. Isso é muito útil se a gente está perdido durante a noite.

E foi assim que eu, ao longo da minha vida, conheci muita gente séria. Vivi muito próximo das pessoas grandes. Eu as vi bem de perto. E isso não ajudou a melhorar a minha opinião.

Quando eu encontrava uma que me parecia um pouco mais consciente, fazia a experiência com ela do meu desenho número um, que eu sempre guardei comigo. Eu queria saber se ela era verdadeiramente inteligente. Mas sempre ouvia a mesma resposta: "Isso é um chapéu!". Então eu não lhe falava nem de jiboias, nem de florestas virgens, nem de estrelas. Colocava-me no seu patamar. Eu lhe falava de bridge, de golfe, de política e de gravatas. E a pessoa grande ficava admirada por conhecer um homem tão racional.

II

Assim, vivi sozinho, sem ninguém com quem falar verdadeiramente, até ocorrer uma falha mecânica no meu avião, no deserto do Saara, há aproximadamente seis anos. Algo quebrou no motor. E como eu não tinha comigo nem mecânico nem passageiros, me preparei para tentar, sozinho, fazer um difícil conserto. Para mim, era uma questão de vida ou morte. Eu tinha água para beber o suficiente apenas para oito dias.

Na primeira noite, eu adormeci sobre a areia, a quilômetros e quilômetros da terra habitada. Estava mais isolado do que um náufrago sobre um bote à deriva no meio do oceano. Logo, podeis imaginar a minha surpresa, ao amanhecer do dia, quando uma vozinha desconhecida me acordou. Ela dizia:

– Por favor... desenhe-me um carneiro!
– Hein!
– Desenhe-me um carneiro...

Despertei de sobressalto, como se tivesse sido acordado por um trovão. Esfreguei meus olhos. Olhei atentamente e vi um homenzinho muito estranho que me observava com ar sério. Vedes o melhor retrato que, mais tarde, consegui fazer dele. Mas o meu desenho, com certeza, é muito menos interessante que o modelo. Não é culpa minha. Eu tinha sido desestimulado da profissão de pintor pelas pessoas grandes, aos seis anos, e nada mais aprendera a desenhar, salvo as jiboias fechadas e as jiboias abertas.

Assim, olhei aquela aparição com os olhos arregalados de espanto. Não vos esqueçais que eu me encontrava a quilômetros e quilômetros de qualquer região habitada. Entretanto o meu homenzinho não me parecia perdido, nem cansado, nem faminto, nem morto de sede e nem de medo. Ele não tinha, de modo algum, a aparência de uma criança perdida no meio do deserto, a quilômetros e quilômetros de qualquer região habitada. Quando eu consegui, enfim, falar, lhe disse:

– Mas... o que é que tu fazes aqui?

E ele repetiu então, calmamente, como se fosse uma coisa muito séria:

– Por favor... desenhe-me um carneiro...

Quando o mistério é muito impressionante, não se ousa desobedecer. Assim, por mais absurdo que aquilo me parecesse, a quilômetros e quilômetros de lugares habitados e em perigo de morte, tirei do meu bolso uma folha de papel e uma caneta. Mas foi então que eu me lembrei de que havia estudado preferencialmente Geografia, História, Matemática e Gramática, e disse ao pequeno homenzinho (com um pouco de mau humor) que eu não sabia desenhar. E ele me respondeu:

– Isso não importa. Desenhe-me um carneiro.

"Vedes o melhor retrato que, mais tarde,
consegui fazer dele."

Como eu nunca havia desenhado um carneiro, refiz para ele um dos dois únicos desenhos que eu fui capaz de fazer, aquele da jiboia fechada. E fiquei estupefato ao ouvir o menino me responder:

— Não! Não! Eu não quero um elefante em uma jiboia. Uma jiboia é muito perigosa e um elefante é muito espaçoso. No lugar onde eu moro tudo é pequeno. Eu preciso de um carneiro. Desenhe-me um carneiro.

Então, eu desenhei.

Ele olhou com atenção, e disse:

— Não! Esse está muito doente. Faça-me outro.

Eu desenhei outro.

Meu amigo sorriu gentilmente, com paciência:

— Vejas bem... isso não é um carneiro, é um bode. Ele tem chifres...

Refiz outra vez o meu desenho.

Mas ele foi recusado como os anteriores:

— Esse aí está muito velho. Eu quero um carneiro que viva por muito tempo.

Então, perdendo a paciência, como eu tinha pressa de começar a desmontar o motor do avião, rabisquei este desenho.

E tentei:

— Eis esta caixa. O carneiro que tu queres está aí dentro.

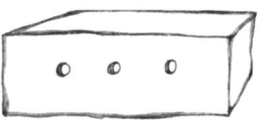

Mas eu fiquei admirado ao ver o rosto do meu jovem juiz se alegrar:

– É exatamente como eu queria! Acreditas que será preciso muito capim para este carneiro?

– Por quê?

– Porque lá onde eu moro tudo é pequeno.

– Será suficiente, com certeza. Eu te dei apenas um carneirinho.

Ele baixou a cabeça até o desenho:

– Não é tão pequeno assim... Vejas! Ele está dormindo...

E foi assim que, um dia, conheci o pequeno príncipe.

III

Custei muito para entender de onde ele viera. O pequeno príncipe, que me fazia tantas perguntas, parecia nunca escutar as minhas. Foram apenas algumas palavras, pronunciadas por acaso, que, pouco a pouco, acabaram esclarecendo tudo. Foi assim quando ele viu pela primeira vez o meu avião (eu não o desenharei aqui porque é um desenho muito complicado para mim), e perguntou:

– O que é aquela coisa?

– Aquilo não é uma coisa. Aquilo voa. É um avião. É o meu avião.

Eu estava orgulhoso de lhe contar que eu voava. Então, espantado, ele exclamou:

– Como?! Tu caíste do céu?!

– Sim – disse eu, modestamente.

— Isso é engraçado!...

E o pequeno príncipe deu uma gargalhada que me irritou profundamente. Eu queria que levassem meus males a sério. Depois ele acrescentou:

— Então, tu também vens do céu! De qual planeta tu és?

Percebi então uma luz no mistério da presença dele e lhe perguntei prontamente:

— Tu vens, então, de outro planeta?

Mas ele não me respondeu. Balançava levemente a cabeça, observando o meu avião:

— É bem verdade que, em cima disso aí, tu não podes ter vindo de muito longe...

Aprofundou-se, então, em seus pensamentos por algum tempo. Depois, tirando o meu carneiro do bolso, ele se perdeu na contemplação do seu tesouro.

Podeis, pois, imaginar o quão intrigado eu fiquei com essa simples confidência sobre "outros planetas". Procurei então saber um pouco mais.

— De onde vens, meu homenzinho? Onde é o "teu lar"? Para onde tu queres levar o meu carneiro?

Ele me respondeu depois de um meditativo silêncio:

— É muito bom, pois a caixa que tu me deste, de noite, servirá de morada para ele.

— Certamente. E se tu fores gentil, te darei também uma corda para amarrá-lo durante o dia. E uma estaca.

A proposta deixou indignado o pequeno príncipe:

— Amarrá-lo?! Que ideia mais estúpida!

— Mas se tu não o amarrares, ele irá para qualquer lugar e poderá se perder...

E o meu amigo teve uma nova explosão de riso:
– Mas aonde pensas que ele vai?
– Não importa para onde. Vai seguindo em frente...
Então, o principezinho retrucou muito sério:
– Isso não importa, é tão pequeno lá onde moro!
E com um pouco de tristeza, talvez, ele acrescentou:
– Caminhando sempre em frente não se pode mesmo ir muito longe...

IV

Eu havia, assim, aprendido uma segunda coisa muito importante: o planeta onde ele vivia era apenas um pouco maior que uma casa!

Isso não me espantou muito. Eu sabia que, além dos grandes planetas, como Terra, Júpiter, Marte, Vênus, os quais receberam nomes, existem centenas de outros que talvez sejam tão pequenos que é muito difícil vê-los no telescópio. Quando um astrônomo descobre um deles, lhe dá por denominação um número. Ele se chama, por exemplo, "asteroide 325".

Tenho sérias razões para acreditar que o planeta de onde veio o pequeno príncipe é o asteroide B 612. Esse asteroide havia sido visto uma única vez em um telescópio, em 1909, por um astrônomo turco.

Ele fez, então, uma grande demonstração da sua descoberta em um Congresso Internacional de Astronomia. Mas ninguém acreditou nele, por causa das roupas que vestia. As pessoas grandes são assim mesmo.

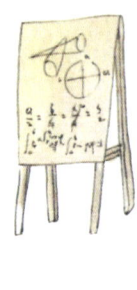

Felizmente, para a reputação do asteroide B 612, um ditador turco obrigou seu povo, sob pena de morte, a se vestir à moda europeia. O astrônomo refez a sua demonstração em 1920, com uma casaca muito elegante. E então todo mundo ficou ciente da sua descoberta.

Se eu insisto em contar esses detalhes sobre o asteroide B 612 e vos confidencio o seu número é por causa das pessoas grandes. As pessoas grandes amam os números. Quando vós lhes falais de um novo amigo, eles nunca perguntam sobre o essencial. Elas não dizem nunca: "Qual é o som da sua voz? Quais são as brincadeiras que ele prefere? Ele coleciona borboletas?". Elas perguntam: "Que idade ele tem? Quanto pesa? Quantos irmãos? Quanto ganha o pai dele?". Somente então elas acreditam que o conhecem.

Se vós dizeis às pessoas grandes: "Eu vi uma linda casa feita de tijolos cor-de-rosa, com flores nas janelas e pombos no telhado...", elas não conseguem imaginar essa casa. É preciso que se lhes diga: "Eu vi uma casa de cem mil reais". Então elas exclamarão: "Deve ser muito bonita!".

E assim, pois, se a gente lhes disser: "A prova de que o pequeno príncipe existe é que ele é simpático, que ele ri e que ele deseja ter um carneiro. Quando alguém deseja ter um carneiro é sinal de que essa pessoa existe", elas darão de ombros e vos tratarão como crianças. Mas se vós lhes disserem: "O planeta do qual ele vem é o asteroide B 612", então elas estarão convencidas, e vos deixarão tranquilos sem mais perguntas. Elas são assim. É preciso aceitá-las como são. As crianças devem ter muita paciência com as pessoas grandes.

Mas, certamente, nós, que compreendemos a vida, não nos impressionamos com os números! Eu gostaria de ter começado esta história como um conto de fadas. Adoraria ter escrito:

"Era uma vez um pequeno príncipe que habitava um planeta apenas um pouco maior do que ele mesmo, e que precisava de um amigo..." Para aqueles que compreendem a vida, isso seria muito mais verdadeiro.

Mas eu não gostaria que lessem meu livro de modo superficial. Sinto tanta tristeza ao descrever essas lembranças... Já se passaram seis anos desde que o meu amigo partiu com seu carneiro. Se eu tentei descrevê-lo aqui foi para não esquecê-lo. É triste esquecer um amigo. Não é todo mundo que tem um amigo. E eu posso vir a ser como as pessoas grandes, que não se interessam senão por números. Então foi por isso que comprei uma aquarela e vários lápis. É difícil voltar a desenhar, na minha idade, quando nunca antes havia feito outras tentativas senão aquelas de uma jiboia fechada e outra aberta, aos seis anos de idade! Eu tentarei, certamente, desenhar as figuras o mais semelhante possível. Mas eu não estou totalmente convencido de que vou conseguir. Um desenho ainda passa, mas outro idêntico é impossível. Eu me confundo um pouco sobre o tamanho. Aqui o pequeno príncipe parece muito grande. Ali, muito pequeno. Tenho dúvida, ainda, sobre a cor das suas roupas. Vou tentando aqui e ali, um tanto bem, um tanto mal. Eu me atrapalharei, enfim, sobre detalhes muito importantes. Mas sobre isso eu vos peço que me perdoem. Meu amigo nunca dava explicações. Ele pensava que eu fosse como ele. Mas, infelizmente, eu não sei ver carneiros dentro de caixas. Eu devo ser, talvez, um pouco como as pessoas grandes. Devo ter envelhecido.

V

Ao longo dos dias fui descobrindo alguma coisa a mais sobre o planeta dele, sobre a sua fuga, sobre a sua viagem. Tudo isso bem devagarinho, ao acaso das suas observações. E foi assim que, no terceiro dia, tomei conhecimento do drama dos baobás.

Desta vez também foi graças ao carneiro, pois de repente o pequeno príncipe me perguntou, como se tivesse sido assaltado por uma grande dúvida:

– É bem verdade, não é, que os carneiros comem arbustos?

– Sim, é verdade.

– Ah! Que maravilha!

Eu não compreendi porque era tão importante que os carneiros comessem arbustos. Mas o pequeno príncipe completou:

O pequeno príncipe sobre o asteroide B 612.

– Consequentemente eles comem também baobás?

Eu esclareci ao pequeno príncipe que os baobás não são arbustos, mas sim árvores grandes como as igrejas. E mesmo que ele levasse consigo uma manada de elefantes, essa manada não conseguiria derrubar um único baobá.

A ideia de uma grande quantidade de elefantes fez o pequeno príncipe rir:

– Seria preciso colocar uns sobre os outros...

Mas ele observou com sabedoria:

– Os baobás, antes de se tornarem grandes, nascem pequenos.

– Exato! Mas por que tu queres que os carneiros comam os baobás enquanto eles estão pequenos?

Ele me respondeu: "Bem! Vamos lá!", como se se tratasse de uma evidência. E foi preciso um grande esforço da minha inteligência para eu poder compreender, por conta própria, esse problema.

E, com efeito, sobre o planeta do pequeno príncipe existia, como sobre todos os planetas, as ervas boas e as ervas daninhas. Portanto, de boas sementes nascem as boas ervas e de sementes ruins, as ervas daninhas. Mas as sementes são invisíveis. Elas dormem no ventre da terra

até que uma delas queira acordar. Então ela se espreguiça e solta timidamente em direção do sol um simples galhinho inofensivo. Se se tratar de um galhinho de rabanete ou de roseira pode-se deixar crescer como ele quiser. Mas se se tratar de uma erva daninha é preciso arrancá-la imediatamente, desde que seja reconhecida. Ora, havia sementes terríveis no planeta do pequeno príncipe... eram as sementes de baobá. E o solo do planeta estava infestado. Quando um baobá é percebido muito tarde, nada se pode fazer, e jamais será possível se livrar dele, pois suas raízes penetram no solo e ele envolve todo o planeta. E se o planeta é muito pequeno e os baobás muito numerosos, eles fazem o planeta rachar.

"É uma questão de disciplina", diz mais tarde o pequeno príncipe. "Quando a gente termina de fazer a higiene matinal, é preciso fazer com todo o cuidado a higiene do planeta. É preciso se dedicar regularmente a arrancar os baobás desde que se diferenciem dos brotos das roseiras, com os quais se parecem muito quando estão muito novos. É um trabalho muito cansativo, mas fácil de realizar."

E um dia ele me aconselhou a me dedicar a fazer um belo desenho para alertar as crianças do meu planeta sobre esse perigo.

"Se um dia elas tiverem de viajar", disse ele, "isso poderá lhes ser útil. Algumas vezes pode-se deixar de fazer um trabalho sem que haja muito prejuízo, mas não quando se trata dos baobás, que são sempre uma catástrofe. Conheci um planeta habitado por um descuidado, que havia negligenciado três arbustos...".

E, seguindo as indicações do pequeno príncipe, desenhei esse planeta. Não me agrada nem um pouco usar o tom de moralista. Mas o perigo dos baobás é tão pouco conhecido e os riscos decorrentes deles são tão grandes para aquele que um dia possa se perder num asteroide que, por uma vez, abro uma exceção à minha atitude reservada e alerto: "Crianças! Prestem atenção aos baobás!". Foi para avisar meus amigos sobre o grande perigo que os ameaçava, desde muito tempo, como a mim mesmo, sem que o conhecesse, que eu tive tanto trabalho para fazer esse desenho. A lição que eu dei valeu a pena. Mas vós talvez perguntais: "Por que ele não fez neste livro outros desenhos tão grandiosos como este dos baobás?". A resposta é bem simples: eu tentei, mas não consegui. Quando desenhei os baobás, estava envolvido pelo sentimento de urgência.

Os baobás.

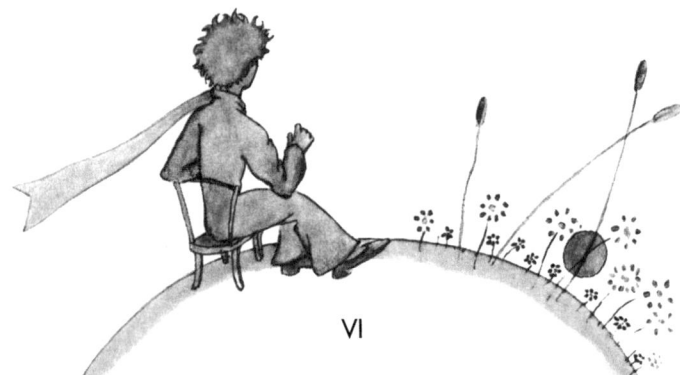

VI

Ah! meu pequeno príncipe, eu compreendi, pouco a pouco também, tua pequena vida melancólica. Tu não tiveste para distração, por muito tempo, nada mais do que a doçura do pôr do sol. Percebi esse detalhe novo na madrugada do quarto dia, quando me disseste:

— Eu gosto muito do pôr do sol. Vamos ver um...
— Mas é preciso esperar...
— Esperar o quê?
— Esperar que o sol se ponha...

Fizeste então um ar tão surpreso, depois riste de ti mesmo e disseste:

— Sempre penso que estou em casa!

Realmente. Quando é meio-dia nos Estados Unidos, o sol, como todos sabem, se esconde na França. Seria suficiente poder ir à França num minuto para assistir ao entardecer. Infelizmente a França fica muito longe. Mas, sobre o teu planeta tão pequeno, seria suficiente apenas recuar a cadeira alguns passos. E tu poderias olhar o crepúsculo toda vez que desejasse...

– Sabes... um dia eu vi o pôr do sol quarenta e quatro vezes!

Um pouco mais tarde, ele acrescentou:

– Sabes... quando se está muito triste a gente gosta de ver o pôr do sol...

– No dia das quarenta e quatro vezes tu estavas assim tão triste?

Mas o pequeno príncipe não respondeu...

VII

No quinto dia, como sempre graças ao carneiro, mais um segredo da vida do pequeno príncipe me foi revelado. Ele me perguntou, prontamente, sem rodeios, como se fosse o resultado de um problema estudado por muito tempo, em silêncio:

– Um carneiro, se come arbustos, come também flores?

– Um carneiro come tudo o que encontra.

– Mesmo as flores que têm espinhos?

– Sim. Mesmo as flores que têm espinhos.

– Então para que servem os espinhos?

Eu não sabia. Eu estava muito ocupado naquele momento tentando desatarrachar um parafuso muito apertado inserido no motor. Estava muito preocupado, pois a pane começava a me parecer muito grave e a água que eu tinha para beber era tão pouca que me fazia pensar no pior.

– Para que servem os espinhos?

O pequeno príncipe não desistia nunca de uma pergunta, uma vez que ele a houvesse feito. Eu estava irritado por causa do parafuso e respondi de qualquer jeito:

– Os espinhos não servem para nada, são pura maldade das flores!

– Oh!

Mas depois de algum tempo em silêncio ele replicou com ar hostil:

– Eu não acredito! As flores são frágeis. Elas são ingênuas. Defendem-se como podem. Elas acreditam que são poderosas com seus espinhos…

Não respondi nada. Naquele momento eu pensava: "Se este parafuso ainda resistir, eu o farei se soltar com uma martelada". O pequeno príncipe perturbou de novo minhas reflexões:

– E tu acreditas mesmo que as flores…

– Não, não mesmo! Eu não acredito em nada! – respondi sem prestar atenção. Eu me preocupo com coisas sérias!

Ele me olhou espantado.

– Com coisas sérias!

Ele me observava… martelo na mão, os dedos sujos de graxa, abaixado sobre um objeto que havia de lhe parecer muito feio.

– Tu falas como as pessoas grandes!

Isso fez que eu me sentisse um pouco envergonhado. Mas impiedosamente ele acrescentou:

– Tu confundes tudo… misturas tudo!

Ele estava extremamente irritado. E, com seus cabelos dourados sacudidos ao vento, disse:

– Eu conheci um planeta onde vivia um senhor vermelho. Ele nunca havia sentido o aroma de uma flor. Ele nunca havia admirado uma estrela. Nunca havia amado ninguém. Nunca fez nada além de somas. E todo dia ele repete, como tu: "Eu sou um homem sério! Eu sou um homem sério!". E isso o faz encher-se de orgulho. Mas isso não é ser um homem, e sim um cogumelo!

– Um o quê?

– Um cogumelo!

O pequeno príncipe estava agora inteiramente pálido de raiva:

– Há milhões e milhões de anos as flores produzem seus espinhos. Há milhões e milhões de anos os carneiros as comem, mesmo assim. E não é importante procurar compreender porque elas se dão à maldade de produzir espinhos que não servirão nunca para nada? Não é importante a guerra dos carneiros e das flores? Não é mais importante que as somas de um grosseiro senhor vermelho? E se eu conhecesse uma flor que é única no mundo, que não existe em nenhum outro lugar senão no meu planeta e que um carneirinho pode arrancar de um só golpe, assim, em uma certa manhã, sem nem perceber o que fez, isso não é importante?!

Ele se ruborizou depois replicou:

— Se alguém ama uma flor que não existe senão um exemplar em milhões e milhões de estrelas, isto basta para que seja feliz quando olha para ela. E diz: "Minha flor está lá, em algum lugar...". Mas se o carneiro come a flor, será para ele como se, subitamente, todas as estrelas se extinguissem! E isso não é importante?!

Ele não conseguiu dizer mais nada. E subitamente irrompeu em soluços. A noite havia chegado. Eu larguei minhas ferramentas. Fiz pouco caso do meu martelo, do meu parafuso, da minha sede e da morte. Havia numa estrela, num planeta, o meu, a Terra, um pequeno príncipe a ser consolado! Eu o abracei, tomando-o em meus braços, e o embalei. E lhe disse: "A flor que tu amas não está em perigo... Eu desenharei uma focinheira para o teu carneiro... Eu desenharei uma proteção para a tua flor... Eu..." Eu não sabia mais o que dizer... Eu me sentia muito envergonhado. Eu não sabia como tocá-lo, o que fazer para ajudá-lo... Tão distante e misterioso é o país das lágrimas.

VIII

Rapidamente, aprendi a conhecer melhor aquela flor. Sempre houvera, no planeta do pequeno príncipe, flores muito simples, feitas de uma só carreira de pétalas, que não atrapalham em nenhum lugar, e que não ameaçavam ninguém. Elas apareciam no meio das plantas e murchavam ao entardecer. Mas aquela havia germinado um dia de uma semente importada não se sabe de onde, e o pequeno príncipe havia acompanhado bem de perto aquele broto que não se parecia com nenhum outro broto. Poderia até ser um novo tipo de baobá. Mas o arbusto logo parou de crescer e começou a desabrochar uma flor. O pequeno príncipe, que assistira ao surgimento de um botão enorme, pressentiu que sairia dali uma aparição miraculosa, mas a flor não tinha ainda terminado de se arrumar para ficar bonita, se abrir e sair do seu quarto verde. Ela escolhia com muito cuidado suas cores. Ela se arrumava lentamente, ajustava suas pétalas uma a uma. Ela não queria sair amarrotada como os cravos. Ela não queria aparecer senão na plenitude radiante da sua beleza. Sim, ela é muito vaidosa! O seu modo de se aprontar misteriosamente durou dias e dias. E depois, eis que em certa manhã, exatamente na hora do sol se levantar, ela se exibiu.

E ela, que havia se preparado com tanto esmero, disse bocejando:

– Ah! Eu acordei agora... Eu vos peço desculpas... Estou ainda toda desarrumada...

O pequeno príncipe, então, não pode conter sua admiração:

– Como vós sois bonita!

– É verdade – respondeu docemente a flor. Eu nasci ao mesmo tempo que o sol...

O pequeno príncipe percebeu logo que ela não era nem um pouco modesta, mas era tão fascinante!

– É hora, creio eu, de tomar o café da manhã – acrescentou ela. Teríeis a bondade de cuidar de mim?

E o pequeno príncipe, todo preocupado, foi buscar um regador com água fresca e molhou a flor.

Mesmo assim, logo ela, com sua doentia vaidade, começou a provocá-lo. Um dia, por exemplo, falando dos seus quatro espinhos, ela lhe disse:

– Podem vir os tigres, com suas garras!

– Não existem tigres no meu planeta – observou o pequeno príncipe –, e, além disso, os tigres não comem plantas.

– Eu não sou uma planta – respondeu meigamente a flor.

– Perdoe-me...

– Eu não tenho medo de tigres, mas tenho horror de correntes de ar. Vós teríeis um para-vento?

"Horror de correntes de ar... Isso não é típico de uma planta, notou o pequeno príncipe. Esta flor é muito complicada..."

— Durante a noite vós me colocareis numa redoma. Faz muito frio na vossa casa. É bastante desconfortável. Lá de onde eu venho...

Mas ela se calou. Ela havia chegado em forma de semente. Ela nada teria podido conhecer de outros mundos. Humilhada por haver sido surpreendida preparando uma mentira tão ingênua, ela tossiu duas ou três vezes, e para que o príncipe se sentisse culpado perguntou:

— E o para-vento?

— Eu ia procurar. Mas tu me falavas!

Então ela forçou sua tosse para lhe causar remorso.

Assim, o pequeno príncipe, apesar da tua boa vontade e do teu amor, começava a duvidar dela. Levara a sério palavras sem importância, e isto o deixava muito infeliz.

— Eu não deveria tê-la escutado — confidenciou-me um dia —, não se deve escutar as flores. Basta olhá-las e aspirar seus aromas. A minha flor perfumava meu planeta, mas eu não sabia como desfrutar disso. Aquela história das garras, que tanto me aborrecera, eu deveria ter dado mais atenção...

Ele me revelou ainda:

— Eu não soube compreender nada! Eu deveria tê-la julgado pelos seus atos e não pelas suas palavras. Ela me encantava e me perfumava. Eu não deveria jamais tê-la abandonado. Deveria ter percebido sua ternura por detrás de suas palavras mentirosas. As flores são tão contraditórias! Mas eu era muito novo para saber amar.

IX

Acredito que ele se aproveitou, para a sua fuga, de uma migração de pássaros selvagens. Na manhã da partida, ele deixou o seu planeta em ordem. Revolveu cuidadosamente seus vulcões em atividade. Isso facilitou para que ele esquentasse o café da manhã. Ele tinha também um vulcão extinto. Mas, como ele dizia: "Nunca se sabe!". Então ele revolveu também o vulcão extinto. Se eles são bem revolvidos, os vulcões queimam vagarosa e regularmente, sem erupções. As erupções vulcânicas são como labaredas. É evidente que aqui na Terra nós somos muito pequenos para revolver vulcões. É por isso que eles nos causam tantos prejuízos.

O pequeno príncipe também arrancou, talvez com um pouco de tristeza, os últimos brotos de baobás. Ele acreditava que nunca mais voltaria. E todos esses trabalhos cotidianos lhe pareceram, naquela manhã, muito agradáveis. E quando ele regou mais uma vez a flor e se preparava para colocá-la ao abrigo da sua redoma, ele se surpreendeu a ponto de chorar.

– Adeus – disse ele para a flor.

Mas ela não lhe respondeu.

– Adeus – repetiu ele.

A flor tossiu, mas não foi por causa do seu resfriado.

– Eu fui uma tola – disse ela, enfim. Eu vos peço perdão. Procurais ser feliz.

"Revolveu cuidadosamente seus vulcões em atividade."

Ele ficou admirado por ela não o ter censurado. Ficou todo sem jeito, com a redoma nas mãos. Ele não compreendia essa calma doçura.

– Sim, eu te amo – disse a flor. Mas tu não percebeste por culpa minha. Isso não tem nenhuma importância, tu foste tão tolo quanto eu. Trates de ser feliz... Largues essa redoma. Eu não preciso mais dela.

– Mas e o vento...

– Eu não estou assim tão resfriada... O ar fresco da noite me fará bem. Eu sou uma flor.

– Mas e os animais...

– É preciso que eu suporte uma, duas ou três larvas se eu quiser conhecer as borboletas. Parece que são muito bonitas. Se não forem elas, quem então virá me visitar? Tu mesmo estarás tão longe. Quanto aos animais, eu não tenho medo deles. Eu tenho os meus espinhos.

E ela mostrou, ingenuamente, os seus espinhos. Depois acrescentou:

– Não demores assim, é irritante. Tu decidistes partir, então vá.

Pois ela não queria que ele a visse chorar. Era uma flor bastante orgulhosa...

X

Ele se encontrava na região dos asteroides 325, 326, 327, 328, 329 e 330. Começou então a visitá-los em busca de uma ocupação e para se instruir.

O primeiro era habitado por um rei. O rei estava sentado, vestido de púrpura e arminho, sobre um trono muito simples, entretanto majestoso.

 — Ah! Eis um súdito! — exclamou o rei quando viu o pequeno príncipe.

E o pequeno príncipe se questionou: "Como ele pode me reconhecer se nunca me viu?".

Ele não sabia que, para os reis, o mundo é muito simples. Todos os homens são súditos.

— Aproxima-te para que eu te veja melhor — disse o rei, que estava todo orgulhoso de poder ser rei para alguém.

O pequeno príncipe procurou um lugar para sentar, mas todo o planeta estava coberto pelo magnífico manto de arminho. Ele ficou de pé, e como estava muito cansado bocejou.

– É contra a etiqueta bocejar na presença de um rei – disse o monarca. Eu te proíbo.

– Eu não pude me controlar – respondeu o príncipe, todo confuso. Eu fiz uma longa viagem e não dormi ainda...

– Então – disse o rei – eu ordeno que bocejes. Eu não vejo uma pessoa bocejar há muitos anos. Os bocejos são para mim curiosidades. Vamos! Boceje! É uma ordem!

– Assim eu me intimido... eu não posso mais... – falou o pequeno príncipe todo enrubecido.

– Hum! Hum! – replicou o rei. Então eu... eu ordeno: ora tu deves bocejar, ora...

Ele gaguejava um pouco e parecia envergonhado.

Pois o rei fazia questão principalmente que suas ordens fossem respeitadas. Ele não tolerava desobediência. Era um monarca absoluto. Mas como era muito bom, ele dava ordens razoáveis.

– Se eu ordenasse – dizia ele –, se eu ordenasse a um general para ele se transformar em uma gaivota sobre o mar e o general não obedecesse, isso não seria uma falha do general, seria minha.

– Posso me sentar? – indagou timidamente o pequeno príncipe.

– Eu te ordeno que se sentes – respondeu o rei, que puxou majestosamente uma prega do seu manto de arminho.

Mas o pequeno príncipe se admirava. O planeta era tão pequeno. Sobre quem poderia o rei reinar?

– Majestade... – disse – eu vos peço perdão por vos indagar...

– Eu ordeno que me indagues – disse depressa o rei.

– Majestade, sobre quem reinais?

– Sobre tudo – respondeu o rei, com grande simplicidade.

– Sobre tudo?

O rei, com um gesto discreto, designou seu planeta, os outros planetas e as estrelas.

– Sobre tudo isso? – perguntou o pequeno príncipe.

– Sobre tudo isso... – respondeu o rei.

Então ele não era somente um monarca absoluto, mas um monarca universal.

– E as estrelas vos obedeceis?

– Certamente – disse-lhe o rei. Elas também me obedecem. Eu não tolero indisciplina.

Tão grande poder maravilhou o pequeno príncipe. Se ele próprio detivesse esse poder, poderia assistir não apenas a quarenta e quatro, mas a setenta e dois, ou mesmo a cem ou ainda a duzentas exibições do pôr do sol no mesmo dia, sem ter nunca de puxar sua cadeira! E como estava se sentindo um pouco triste por se lembrar do seu pequeno planeta abandonado, animou-se a pedir uma graça ao rei:

– Eu gostaria de ver um pôr do sol... Faça-me o favor... Ordenais ao sol que se ponha...

– Se eu ordenasse a um general que voasse de flor em flor como uma borboleta, ou escrevesse uma tragédia, ou se transformasse em uma gaivota e se o general não executasse tal ordem, quem de nós, ele ou eu, estaria errado?

– Seria vós – disse com firmeza o pequeno príncipe.

– Exatamente. É preciso exigir de cada um o que cada um pode dar – replica o rei. A autoridade repousa sobre a razão. Se tu ordenares ao teu povo que se atire ao mar, ele fará uma revolução. Eu tenho o direito de exigir obediência porque minhas ordens são racionais.

– E então, meu pôr do sol? – lembrou o pequeno príncipe, que nunca se esquecia de uma pergunta uma vez que a tivesse feito.

– Teu pôr do sol, tu o terás. Eu o exigirei. Mas esperarei, de acordo com o conhecimento do meu governo, que as condições sejam favoráveis.

– E quando serão? – perguntou o pequeno príncipe.

– Hum! Hum! – respondeu o rei, que consultou um grande calendário. Hum! Hum! Será... por volta de... cerca de... será nesta tarde, perto das sete horas e quarenta! E tu verás como eu sou obedecido.

O pequeno príncipe bocejou. Ele sentia saudade do seu pôr do sol. E também já estava um pouco entediado:

– Eu não tenho mais nada o que fazer aqui – disse ao rei. Vou partir!

– Não partas – respondeu o rei, que estava orgulhoso de ter um súdito. Não partas, eu te farei ministro!

– Ministro de quê?

– Da... da Justiça!

– Mas não existe ninguém para julgar!

– Eu não sei – disse o rei. Eu não dei ainda uma volta completa ao redor do meu reino. Eu já estou velho, não tenho lugar para uma carruagem, e me cansa muito andar.

– Oh! Mas eu já vi tudo – disse o pequeno príncipe abaixando-se para olhar até o outro lado do planeta. Não existe ninguém, nem lá embaixo...

– Tu julgarás então a ti mesmo – respondeu o rei. É mais difícil julgar a si mesmo do que julgar os outros. Se conseguires julgar-te, significa que tu és um verdadeiro sábio.

– Eu – disse o pequeno príncipe – posso julgar a mim mesmo, não importa onde eu esteja. Não é preciso que eu esteja aqui.

– Hum! Hum! – disse o rei. Eu acredito que no meu planeta existe um rato, eu o escuto de noite. Tu poderias julgar esse velho rato. De vez em quando, tu o condenarás à morte. Assim, a vida dele dependerá da tua justiça. E tu pouparás a vida dele, pois só temos um.

– Eu – respondeu o príncipe – não gosto de condenar à morte, eu acho melhor que eu vá embora.

– Não – disse o rei.

Mas o pequeno príncipe, tendo terminado seus preparativos e não querendo aborrecer o velho monarca:

– Se Vossa Majestade desejar ser obedecido pontualmente, poderíeis me dar uma ordem razoável. Poderíeis ordenar, por exemplo, que eu parta em um minuto. Parece-me que as condições são favoráveis...

O rei não disse nada, o pequeno príncipe hesitou um pouco, depois deu um suspiro e partiu.

– Eu te farei meu embaixador – apressou-se então o rei a falar.

Ele tinha um ar de grande autoridade.

"As pessoas grandes são bem estranhas", disse consigo mesmo o pequeno príncipe durante a viagem.

XI

O segundo planeta era habitado por um vaidoso:

— Ah! Ah! Eis a visita de um admirador! — exclamou de longe o vaidoso assim que viu o pequeno príncipe.

Pois para os vaidosos as outras pessoas são admiradores.

— Bom dia! — disse o pequeno príncipe. Tendes um chapéu muito engraçado.

— É para agradecer. É para agradecer quando me aclamam. Infelizmente nunca passa ninguém por aqui.

— Ah, é?! — disse o pequeno príncipe sem compreender nada.

— Bata as tuas mãos uma na outra — aconselhou o vaidoso.

O pequeno príncipe bateu suas mãos uma na outra. Então o vaidoso agradeceu modestamente, tirando o chapéu.

"Isso é mais divertido do que a visita ao rei", disse a si mesmo o pequeno príncipe. E recomeçou a bater palmas. O vaidoso recomeçou a agradecer, tirando o chapéu.

Depois de cinco minutos desse exercício, o pequeno príncipe se cansou da monotonia daquela brincadeira:

– E para o chapéu cair – perguntou ele –, o que é preciso fazer?

Mas o vaidoso não o ouviu. Os vaidosos não ouvem nunca senão as louvações.

– Não é verdade que tu me admiras muito? – perguntou ele ao pequeno príncipe.

– O que significa "admirar"?

– "Admirar" significa reconhecer que eu sou o homem mais bonito, o mais bem vestido, o mais rico e o mais inteligente do planeta.

– Mas se tu és o único no teu planeta!

– Faças para mim essa alegria. Admira-me assim mesmo!

– Eu te admiro – disse o pequeno príncipe indiferente –, mas em que isso podes te interessar?

E o pequeno príncipe partiu.

"As pessoas grandes são, decididamente, bem esquisitas", pensou ele simplesmente, consigo mesmo, durante a viagem.

XII

O planeta seguinte era habitado por um bêbado. Essa visita foi muito curta, mas fez que o pequeno príncipe mergulhasse em uma profunda melancolia.

– O que tu fazes aqui? – perguntou ele ao bêbado, que se encontrava imerso em silêncio diante de uma coleção de garrafas vazias e outra coleção de garrafas cheias.

– Eu bebo – respondeu o bêbado, com um ar triste.

— Por que tu bebes? — perguntou o pequeno príncipe.

— Para esquecer — respondeu o bêbado.

— Para esquecer o quê? — questionou o pequeno príncipe, que já estava ficando com pena dele.

— Para esquecer que eu estou com vergonha — confidenciou o bêbado, baixando a cabeça.

— Vergonha de quê? — tentou compreender o pequeno príncipe, que desejava socorrê-lo.

— Vergonha de beber! — concluiu o bêbado, encerrando-se definitivamente no seu silêncio.

E o pequeno príncipe partiu, perplexo.

"As pessoas grandes são, decididamente, muito esquisitas", dizia consigo mesmo prosseguindo a viagem.

XIII

O quarto planeta era o do empresário. Aquele homem estava tão ocupado que nem levantou a cabeça com a chegada do pequeno príncipe.

– Bom dia! – disse aquele que chegara. Vosso cigarro está apagado.

– Três e dois somam cinco. Cinco e sete, doze. Doze e três, quinze. Bom dia! Quinze e sete, vinte e dois. Vinte e dois e seis, vinte e oito. Não tenho tempo para acendê-lo. Vinte e seis e cinco, trinta e um. Ufa! Isto soma quinhentos e um milhões, seiscentos e vinte e dois mil, setecentos e trinta e um.

– Quinhentos milhões de quê?

– Hein?! Tu ainda estás aí? Quinhentos e um milhões de... eu não sei mais... Tenho tanto trabalho! Eu sou um homem sério, não me preocupo com futilidades! Dois e cinco, sete...

– Quinhentos milhões de quê? – repetiu o pequeno príncipe, que nunca em sua vida havia desistido de uma pergunta uma vez que a houvesse feito.

O empresário levanta a cabeça:

– Desde que habito este planeta, há cinquenta e quatro anos, só fui incomodado três vezes. A primeira vez foi há vinte e dois anos, por um besouro que veio sabe-se lá de onde. Fazia um barulho insuportável, e eu cometi

quatro erros em uma soma. A segunda vez faz onze anos, foi quando tive uma crise de reumatismo, por falta de exercício. Eu não tenho tempo para passear. Sou mesmo muito sério. A terceira vez... é esta! Eu dizia, então, quinhentos e um milhões...

– Milhões de quê?

O empresário compreendeu que não havia esperança de ficar em paz:

– Milhões dessas pequenas coisas que se vê algumas vezes no céu.

— Mosquitos?

— Claro que não, essas pequenas coisas que brilham.

— Vaga-lumes?

— Também não. Essas pequenas coisas douradas que fazem os preguiçosos sonharem. Mas eu sou sério! Não tenho tempo de sonhar.

— Ah! Estrelas?

— Isso, estrelas.

— E o que fazeis com quinhentos milhões de estrelas?

— Quinhentos e um milhões, seiscentos e vinte e duas mil, setecentos e trinta e uma. Eu sou um sujeito sério. Eu exijo exatidão.

— E o que fazeis com essas estrelas?

— O que eu faço com elas?

— Sim.

— Nada. Eu as possuo.

— Tu possuis estrelas?

— Sim.

— Mas eu conheci um rei que...

— Os reis não possuem nada. Eles "reinam" sobre as coisas. É muito diferente.

— E para que te serve possuir estrelas?

— Serve-me para ser rico.

— E para que te serve ser rico?

— Para comprar outras estrelas, se alguém encontrar.

"Esse aí", disse o pequeno príncipe consigo mesmo, "raciocina um pouco como o bêbado."

Ainda assim, fez outra pergunta:

— Como é que se pode possuir estrelas?

— De quem elas são? — questionou furioso o empresário.

— Eu não sei. De ninguém.

– Então elas pertencem a mim, pois eu pensei nisso primeiro.

– Isso é o suficiente?

– Certamente. Quando tu encontras um diamante que não é de ninguém, ele é teu. Quando tu encontras uma ilha que não é de ninguém, ela é tua. Quando tu tens uma ideia pela primeira vez e tu a registras, ela é tua. E eu possuo as estrelas porque nunca ninguém antes de mim sonhou em possuí-las.

– Isso é verdade – disse o pequeno príncipe. E o que tu fazes com elas?

– Eu as administro. Eu as conto e reconto – respondeu o empresário. É difícil, mas eu sou um homem persistente!

O pequeno príncipe ainda não estava satisfeito.

– Eu possuo um cachecol, eu posso colocá-lo ao redor do meu pescoço e levá-lo comigo. Eu possuo uma flor, eu posso colher a minha flor e levá-la comigo. Mas tu não podes levar as estrelas!

– Não, mas eu posso colocá-las em um banco.

– O que quer dizer isso?

– Isso quer dizer que eu escrevo num pedaço de papel a quantidade de estrelas que eu tenho e o fecho com chave em uma gaveta.

– E isso é tudo?

– É o suficiente!

"É engraçado", pensou o pequeno príncipe. "É muito poético. Mas não tem utilidade."

O pequeno príncipe tinha ideias muito diferentes das pessoas grandes a respeito das coisas sérias.

– Eu – disse o pequeno príncipe – possuo uma flor que rego todo dia. Eu tenho três vulcões que revolvo toda semana. Às vezes, revolvo também aquele que está extinto, nunca se sabe! É útil para os meus vulcões e para a minha flor que eu os possua. Mas tu não és útil para as estrelas...

O empresário abriu a boca mas não encontrou o que responder, e o pequeno príncipe foi embora.

"As pessoas grandes são realmente muito esquisitas", disse simplesmente a si mesmo o pequeno príncipe durante a viagem.

XIV

O quinto planeta era muito curioso. Era o menor de todos. Tinha apenas o espaço para caber um lampião e um acendedor de lampiões. O pequeno príncipe não conseguia entender para que poderia servir, em qualquer parte do céu, um planeta sem casas nem população, um lampião e um acendedor de lampiões. Entretanto disse a si mesmo:

"Talvez esse homem seja insensato. No entanto, é menos insensato que o rei, que o vaidoso, que o empresário e que o bêbado. Pelo menos o seu trabalho tem algum sentido. Quando ele acende o lampião, é como se fizesse nascer mais uma estrela ou mais uma flor. Quando ele apaga seu lampião, isso faz apagar a estrela ou adormecer a flor. É uma ocupação bonita. É verdadeiramente útil, porque é bonita."

Assim que chegou ao planeta, saudou respeitosamente o acendedor:

– Bom dia! Por que apagaste teu lampião?

– É o regulamento – respondeu o acendedor. Bom dia!

– O que é o regulamento?

– É apagar meu lampião. Boa noite!

E tornou a acendê-lo.

– Mas por que acabas de acender?

– É o regulamento – respondeu o acendedor.

– Não compreendo – disse o pequeno príncipe.

– Não há nada a ser compreendido – comentou o acendedor. Regulamento é regulamento. Bom dia!

E ele apagou seu lampião.

Depois ele enxugou a testa com um lenço xadrez vermelho.

– Eu faço um trabalho difícil. Antigamente era razoável. Eu apagava de manhã e acendia de tarde. E tinha o resto do dia para repousar e o resto da noite para dormir...

– E depois dessa época, o regulamento mudou?

– O regulamento não mudou – disse o acendedor – aí é que está o problema! O planeta, ano a ano, gira mais depressa, e o regulamento não muda!

– E então? – indagou o pequeno príncipe.

– Então, agora que ele faz uma volta por minuto, eu não tenho um segundo de descanso. Acendo e apago uma vez por minuto!

– Que engraçado! Os dias em teu planeta duram um minuto!

– Não é tão engraçado – comentou o acendedor. Já faz um mês que nós estamos conversando.

– Um mês?

– Sim. Trinta minutos. Trinta dias! Boa noite!

E ele acendeu seu lampião.

O pequeno príncipe olhou para ele e estimou aquele acendedor, que era tão fiel ao regulamento. Ele se recordou das exibições do pôr do sol que ele mesmo buscava

"Eu faço um trabalho difícil."

outrora, arrastando sua cadeira. Assim, quis ajudar seu amigo:

– Sabe... eu conheço um meio de repousares quando quiseres...

– Eu quero sempre – disse o acendedor.

– Pois a gente pode ser, ao mesmo tempo, fiel e preguiçoso – o pequeno príncipe continuou. Teu planeta é tão pequeno que tu podes contorná-lo em três passos. Tu não precisas fazer nada senão andares lentamente para ficares sempre no sol. Quando tu quiseres repousar, tu andarás... e o dia durará também o tempo que tu quiseres.

– Isso não vai adiantar grande coisa – respondeu o acendedor. O que eu mais quero na vida é dormir.

– Então não tem jeito – disse o principezinho.

– Não tem mesmo – concluiu o acendedor. Bom dia!

E apagou seu lampião.

"Esse aí", disse consigo mesmo o pequeno príncipe enquanto prosseguia sua longa viagem, "seria desprezado por todos os outros, pelo rei, pelo vaidoso, pelo bêbado e pelo empresário. Todavia, é o único que não parece ridículo. Talvez seja porque ele se ocupa de algo além de si mesmo."

E, depois de um profundo suspiro de pesar, desabafou:

"Aquele foi o único que encontrei que poderia se tornar meu amigo. Mas o seu planeta é tão pequeno que não teria lugar para dois..."

O que o pequeno príncipe não queria admitir nem para si mesmo é que ele lamentava partir daquele planeta abençoado, por causa, principalmente, das mil quatrocentas e quarenta exibições do pôr do sol a cada vinte e quatro horas!

XV

O sexto era um planeta dez vezes maior que os demais. Ele era habitado por um velho senhor que escrevia em livros enormes.

– Ora! Eis aqui um explorador! – exclamou ele quando avistou o pequeno príncipe.

O pequeno príncipe sentou-se à mesa, meio ofegante, pois viajara muito!

– De onde tu vens? – perguntou o velho.

– Que livro grande é esse? – indagou o principezinho. Que fazes aqui?

– Sou geógrafo – respondeu o velho.

– O que é um geógrafo? – questionou o pequeno príncipe.

– É um sábio que conhece onde se encontram os mares, os rios, as cidades, as montanhas e os desertos.

– Isso é bem interessante – disse o principezinho. Isso, enfim, é um trabalho nobre!

E ele lançou um olhar curioso ao redor, sobre o planeta do geógrafo. Ele nunca antes havia visto um planeta tão majestoso.

– Ele é bem bonito, o teu planeta. Ele tem oceanos?

– Não sei – respondeu o geógrafo.

– Ah! (O pequeno príncipe ficou decepcionado.) E montanhas?

– Não sei – disse o geógrafo.

– E as cidades, os rios e os desertos?

– Também não sei – disse o geógrafo.

– Mas tu és geógrafo!

— Exatamente – disse o geógrafo – mas eu não sou explorador. Eu dependo totalmente dos exploradores. Não é o geógrafo quem faz a contagem das cidades, dos rios, das montanhas, dos mares, dos oceanos e dos desertos. O geógrafo é muito importante para sair por aí. Ele nunca deixa a sua mesa de trabalho. Nela ele recebe os exploradores. Ele os interroga e toma nota das suas recordações de viagens. E se essas lembranças lhe parecerem interessantes, o geógrafo faz uma pesquisa sobre a veracidade moral do explorador.

– Por quê?

– Porque um explorador que mentisse provocaria catástrofes nos livros de geografia. E um explorador que bebesse muito também.

– Por que isso? – perguntou o pequeno príncipe.

– Porque os bêbados veem em dobro. Então o geógrafo anotaria duas montanhas onde houvesse apenas uma.

– Eu conheço alguém que seria um mau explorador – disse o pequeno príncipe.

– É possível. Então, quando a moralidade do explorador parece boa, faz-se uma pesquisa sobre a sua descoberta.

– Vais vê-la?

– Não. Isso seria muito complicado. Mas exige-se que o explorador forneça provas. Se se tratar, por exemplo, da descoberta de uma grande montanha, exige-se que ele traga grandes pedras.

O geógrafo, de repente, se animou.

– Mas tu vens de longe! Tu és um explorador! Tu vais me descrever o teu planeta!

E o geógrafo, tendo aberto sua caderneta, apontou o lápis. Anota-se a lápis as declarações dos exploradores. Espera-se, para escrever a tinta, até que o explorador tenha fornecido provas.

– E então? – interrogou o geógrafo.

– Oh! Lá em casa – começou o pequeno príncipe – não é tão interessante, tudo é muito pequeno. Eu tenho três vulcões. Dois vulcões em atividade e um vulcão extinto. Mas nunca se sabe...

– Nunca se sabe – repetiu o geógrafo.

– Tenho também uma flor.

— Nós não anotamos flores — interrompeu o geógrafo.

— Por que não? É o que existe de mais bonito!

— Porque as flores são efêmeras.

— E o que quer dizer "efêmera"?

— Os livros de geografia — comentou o geógrafo — são os mais precisos de todos os livros. E eles nunca ficam desatualizados. É muito raro que uma montanha mude de lugar. Tão raro quanto um oceano secar. Nós escrevemos sobre coisas eternas.

— Mas os vulcões extintos podem reviver — interrompeu o pequeno príncipe. O que significa "efêmera"?

— Que os vulcões sejam extintos ou sejam ativos, dá no mesmo para nós — disse o geógrafo. O que conta é a montanha. Ela não muda nunca.

— Mas o que significa "efêmera"? — repetiu o pequeno príncipe, que nunca em sua vida havia desistido de uma pergunta, uma vez que a houvesse feito.

— Isso significa "que corre o risco de logo desaparecer".

— Minha flor está ameaçada de logo desaparecer?

— Certamente.

"Minha flor é efêmera", disse a si mesmo o pequeno príncipe, "e ela não tem senão quatro espinhos para se defender contra o mundo! E eu a deixei só!"

Esse foi o seu primeiro gesto de arrependimento. Mas ele logo retomou a coragem:

— Que me aconselhais a ir visitar? — perguntou ele.

— O planeta Terra — respondeu o geógrafo. Ele tem uma boa reputação...

E o pequeno príncipe partiu, sonhando com a sua flor.

XVI

O sétimo planeta foi, então, a Terra.

A Terra não é um planeta qualquer! Nela se conta cento e onze reis (não esquecendo, certamente, dos reis negros), sete mil geógrafos, novecentos mil empresários, sete milhões e meio de bêbados, trezentos e onze milhões de vaidosos – quer dizer, aproximadamente dois bilhões de pessoas grandes.

Para dar-vos uma ideia das dimensões da Terra, eu vos direi que antes da invenção da eletricidade era necessário empregar, sobre o conjunto dos seis continentes, um verdadeiro exército de quatrocentos e sessenta e dois mil quinhentos e onze acendedores de lampiões.

De longe, isso causava um efeito esplendoroso. Os movimentos desse exército eram ensaiados como em uma dança. Primeiro vinha a turma dos acendedores da Nova Zelândia e da Austrália. Depois que esses houvessem acendido seus lampiões, iam dormir. Então entravam para seus turnos os acendedores da China e da Sibéria. Depois eles também desapareciam nos bastidores. Logo vinha o turno dos acendedores da Rússia e da Índia. Mais tarde aqueles da África e da Europa. Depois aqueles da América do Sul. Por fim, aqueles da América do Norte. E nunca eles se atrapalhavam na respectiva ordem de entrada em cena. Era espetacular.

Somente dois, o único acendedor do polo Norte e o seu colega, o único acendedor do polo Sul, levavam suas vidas ociosas e preguiçosamente: eles trabalhavam duas vezes por ano.

XVII

Quando a gente quer fazer uma brincadeira, chega a mentir um pouco. Eu não fui muito honesto falando-vos dos acendedores de lampiões. Corri o risco de dar uma falsa ideia do nosso planeta para aqueles que não o conhecem. Os homens ocupam muito pouco espaço sobre a Terra. Se os dois milhões de habitantes que a povoam ficassem de pé, lado a lado, como em um show, facilmente se acomodariam em uma praça pública de trinta quilômetros de comprimento por trinta de largura. Seria possível acomodar toda a humanidade sobre a menor das ilhas do Pacífico.

As pessoas grandes, obviamente, não vos acreditarão. Elas pensam que ocupam muito espaço. Elas se consideram tão importantes como os baobás. Vós os aconselhareis então a fazer o cálculo. Elas adoram cifras: isso as agradará. Mas não percais vosso tempo com esses cálculos. É inútil. Confieis em mim.

O pequeno príncipe, uma vez na Terra, ficou muito surpreso de não encontrar ninguém. Ele já estava receoso de ter se enganado de planeta, quando um anel da cor da lua moveu-se sobre a areia.

– Boa noite! – disse prontamente o pequeno príncipe.

– Boa noite! – respondeu a serpente.

– Sobre que planeta eu vim cair? – perguntou o pequeno príncipe.

– Sobre a Terra, na África – respondeu a serpente.

– Ah!... E não existe ninguém na Terra?

– Aqui é o deserto. Não existe ninguém nos desertos. A Terra é grande – disse a serpente.

O pequeno príncipe sentou-se sobre uma pedra e contemplou o céu:

– Eu me pergunto – disse ele – se as estrelas são iluminadas para que cada um possa encontrar a sua. Vejas o meu planeta. Ele está exatamente acima de nós... Mas como está longe!

– Ele é belo – comentou a serpente. Que vens fazer aqui?

– Tive problemas com uma flor – disse o pequeno príncipe.

– Ah! – exclamou a serpente.

E eles ficaram em silêncio.

– Onde estão os homens? – tornou a perguntar o pequeno príncipe. A gente se sente um pouco sozinho no deserto.

– A gente também se sente assim entre os homens – disse a serpente.

O principezinho a observou por algum tempo:

– Tu és uma criatura engraçada – concluiu ele –, fininha como um dedo...

– Mas eu sou mais poderosa que o dedo de um rei – disse a serpente.

O pequeno príncipe sorriu:

– Tu não és assim tão poderosa... tu não tens nem mesmo patas... não podes sequer viajar...

– Eu posso levar-te mais longe que um navio – desafiou a serpente.

E ela se enrolou ao redor do tornozelo do principezinho, como se fosse um bracelete de ouro:

– Aquele que eu toco eu o devolvo à terra de onde ele saiu – disse ainda. Mas tu és puro e tu vens de uma estrela...

O pequeno príncipe não respondeu nada.

*"Tu és uma criatura engraçada – concluiu ele –,
fininha como um dedo..."*

— Tu me dás pena, tão frágil sobre esta terra de pedra. Eu posso te ajudar um dia se tu sentires muita saudade do teu planeta. Eu posso...

— Oh! Eu te compreendo muito bem — disse o príncipe —, mas por que tu falas sempre por enigmas?

— Eu os resolvo todos — respondeu a serpente.

E eles ficam em silêncio.

XVIII

O pequeno príncipe atravessou o deserto e encontrou somente uma flor. Uma flor de três pétalas, uma florzinha simples...

— Bom dia! — disse o pequeno príncipe.

— Bom dia! — disse a flor.

— Onde estão os homens? — indagou polidamente o príncipe.

A flor havia visto, um dia, passar uma caravana:

— Os homens? Existem, creio eu, uns seis ou sete. Eu os vi há alguns anos. Mas não se sabe nunca onde encontrá-los. Os ventos os levam. Eles não têm raízes, elas os incomodam muito.

— Adeus — despediu-se o pequeno príncipe.

— Adeus — disse a flor.

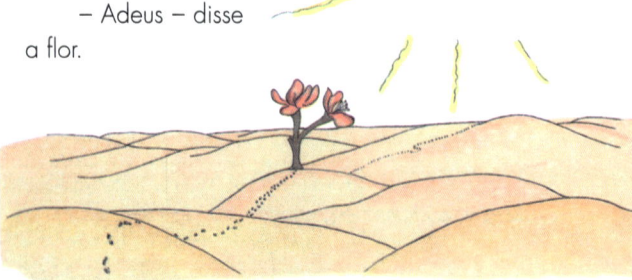

XIX

O pequeno príncipe subiu uma grande montanha. As únicas montanhas que ele conhecia eram os três vulcões que lhe chegavam aos joelhos. O vulcão extinto servia-lhe de banquinho. "Em uma montanha tão alta quanto esta", disse para si mesmo, "eu verei num piscar de olhos todo o planeta e todos os homens...", mas ele não viu nada além de agulhas pontiagudas de rochas.

– Bom dia! – disse ele ao acaso.

– Bom dia!... Bom dia!... Bom dia!... – respondeu o eco.

– Quem sois vós? – perguntou o pequeno príncipe.

– Quem sois vós... Quem sois vós... Quem sois vós... – respondeu o eco.

– Sejam meus amigos, eu estou só... – disse ele.

– Estou só... estou só... estou só... – respondeu o eco.

"Que planeta engraçado!", pensou ele então. "Ele é todo seco, todo pontudo e todo salgado. E os homens não têm imaginação. Eles repetem tudo o que a gente diz... No meu planeta eu tinha uma flor: era sempre ela quem falava primeiro."

"Este planeta é todo seco, todo pontudo e todo salgado."

XX

Mas aconteceu que o pequeno príncipe, após ter caminhado muito tempo pelas areias, entre as rochas e a neve, descobriu, enfim, uma estrada. E todas as estradas levam sempre para onde estão os homens.

– Bom dia! – disse ele.

Era um jardim florido de rosas.

– Bom dia! – disseram as rosas.

O príncipe as contemplou. Todas elas se pareciam com a sua flor.

– Quem sois? – perguntou, espantado.

– Nós somos rosas – disseram as flores.

– Ah! – exclamou o pequeno príncipe.

E, de repente, ele se sentiu muito infeliz. Sua flor lhe havia dito que ela era a única de sua espécie no universo. E eis que existiam cinco mil, idênticas, num só jardim!

"Ela se sentiria muito envergonhada", disse ele a si mesmo, "se visse isto... ela tossiria bastante, e fingiria morrer para escapar ao ridículo. E eu seria obrigado a fazer de conta que cuidava dela, pois senão, para humilhar-me também, ela se deixaria verdadeiramente morrer..."

Depois desabafou para si mesmo: "Eu acreditava que era rico por possuir uma flor que era única, mas não possuo senão uma rosa comum. Ela e meus três vulcões que me chegam ao joelho, estando um deles talvez extinto para sempre; isso não faz de mim um grande príncipe...". E, deitado na relva, ele chorou.

"E, deitado na relva, ele chorou."

XXI

Foi então que apareceu a raposa:

– Bom dia! – cumprimentou a raposa.

– Bom dia! – respondeu educadamente o pequeno príncipe, que olhando em volta nada viu.

– Estou aqui – disse a voz –, debaixo da macieira...

– Quem és tu? – indagou o principezinho. Tu és muito bonita...

– Sou uma raposa – ela respondeu.

– Vem brincar comigo – convidou o pequeno príncipe. Eu estou muito triste.

– Eu não posso brincar contigo – disse a raposa. Eu não fui cativada.

– Ah, perdão – desculpou-se o príncipe.

Mas, depois de refletir, ele acrescentou:

– O que significa "cativar"?

– Tu não és daqui – disse a raposa –, o que procuras?

– Eu procuro os homens – disse o pequeno príncipe. O que significa "cativar"?

– Os homens – disse a raposa –, eles têm espingardas e eles caçam. É assustador. Eles também criam galinhas. É a única coisa interessante que eles fazem. Tu procuras galinhas?

– Não – respondeu o pequeno príncipe. Eu procuro amigos. O que significa "cativar"?

– É algo que já se perdeu no tempo de tão esquecido – disse a raposa. Significa "criar laços"...

– Criar laços?

– Sim – afirmou a raposa. Tu não me pareces ainda senão um garoto semelhante a cem mil outros garotos.

E eu não tenho necessidade de ti. E tu também não tens necessidade de mim. Eu não sou para ti senão uma raposa semelhante a cem mil outras raposas. Mas, se tu me cativas, nós teremos necessidade um do outro. Tu serás para mim único no mundo. E eu serei para ti única no mundo...

– Estou compreendendo – disse o pequeno príncipe. Existe uma flor... Eu acredito que ela me cativou...

– É possível – disse a raposa. Vê-se na Terra todo tipo de coisas...

– Oh! Não foi na Terra – disse o príncipe.

A raposa pareceu admirada:

– Em um outro planeta?

– Sim.

– Existem caçadores nesse planeta?

– Não.

– Isso é interessante! E galinhas?

– Também não.

– Nada é perfeito... – suspirou a raposa.

Mas a raposa voltou ao seu raciocínio:

– Minha vida é tediosa. Eu caço galinhas e os homens me caçam. Todas as galinhas se parecem e todos os homens também. Isso me enjoa um pouco. Mas se tu me cativas, minha vida será iluminada. Eu conhecerei um som de passos que será diferente de todos os outros. Os outros passos farão que eu me esconda debaixo da terra. Os teus me despertarão para fora como uma música. E depois, vejas! Tu vês lá longe os campos de trigo? Eu não como pão. O trigo para mim é inútil. Os campos de trigo não me lembram nada. E isso é triste! Mas tu tens cabelos cor de ouro. Então será maravilhoso quando tu me tiveres cativado. O trigo, que é dourado, fará que eu me recorde de ti. E eu amarei o som do vento no trigal...

A raposa se calou e ficou olhando demoradamente para o pequeno príncipe:

– Por favor... cative-me! – disse ela.

– Eu gostaria muito – respondeu o príncipe –, mas eu não tenho muito tempo. Eu tenho de fazer amigos e muitas coisas para conhecer.

– Não se conhece as coisas que não se cativa – disse a raposa. Os homens não têm tempo de conhecer nada. Eles encontram tudo pronto nos mercados. Mas como não existe mercado de amigos, os homens não têm amigos. Se tu queres um amigo, cative-me!

– O que é preciso fazer? – perguntou o pequeno príncipe.

– É preciso ser muito paciente – respondeu a raposa. Tu te sentarás, então, um pouco longe de mim, entre as moitas. Eu te olharei de lado, com o canto do olho, e tu não dirás nada. A linguagem é fonte de mal entendidos. Mas, a cada dia, tu poderás te sentar um pouco mais perto...

No dia seguinte, voltou o pequeno príncipe.

– Teria sido melhor que voltasses na mesma hora – disse a raposa. Se tu vens, por exemplo, às quatro horas da tarde, desde as três eu começarei a ser feliz. Quanto mais as horas avançarem, mais eu serei feliz. Às quatro horas, então, eu me agitarei e me inquietarei: eu descobrirei o preço da felicidade! Mas se tu vens não importa quando, eu jamais saberei a que hora preparar o meu coração... É necessário um ritual.

– O que é um "ritual"?

– É também algo muito esquecido – disse a raposa. É o que faz que um dia seja diferente dos outros dias, uma hora, das outras horas. Existe um ritual, por exemplo, entre os meus caçadores. Eles dançam na quinta-feira com as moças das aldeias. Então quinta-feira é um dia maravilhoso! Posso passear entre os vinhedos. Se os caçadores dançassem em qualquer dia, os dias seriam todos iguais, e eu nunca teria descanso.

Assim, o pequeno príncipe cativou a raposa. E quando a hora da partida estava próxima:

– Ah! – disse a raposa... eu chorarei.

– A culpa é tua – disse o pequeno príncipe. Eu não desejaria fazer-te nenhum mal, mas tu quiseste que eu te cativasse...

– Certamente – disse a raposa.

– Mas tu vais chorar! – disse o principezinho.

– Seguramente – disse a raposa.

*"Se tu vens, por exemplo, às quatro horas da tarde,
desde as três eu começarei a ser feliz."*

– Então tu não terás ganho nada!

– Terei sim – disse a raposa –, por causa da cor do trigo.

Depois acrescentou:

– Vá rever as rosas. Tu compreenderás que a tua é única no mundo. Tu voltarás para me dizer adeus e eu te presentearei com um segredo.

O pequeno príncipe foi rever as rosas:

– Vós não sois, de modo algum, semelhantes à minha rosa, vós não sois nada ainda – disse ele. Ninguém vos cativou nem vós cativastes ninguém. Vós sois como era a minha raposa. Era uma raposa semelhante a cem mil outras. Mas eu a fiz minha amiga, e ela é hoje única no mundo.

E as rosas ficaram magoadas.

– Vós sois belas, mas vazias – disse ainda. Não se pode morrer por vós. Eu morreria pela minha rosa. Com certeza qualquer um acharia que a minha rosa é igual às outras. Mas ela, e somente ela, é mais importante que todas vós, pois foi ela que eu reguei, foi ela que eu coloquei sob uma redoma, foi ela que eu abriguei com um para-vento. Foi por ela que eu matei as larvas (salvo duas ou três que eu deixei por causa das borboletas). Foi ela que eu escutei se lamentar ou se envaidecer, ou mesmo se calar. Pois ela é a minha rosa.

E, virando-se para a raposa, ele disse:

– Adeus!

– Adeus – respondeu a raposa. Eis o meu segredo. Ele é muito simples: não se vê bem senão com o coração. O essencial é invisível aos olhos.

– O essencial é invisível aos olhos – repetiu o pequeno príncipe para se lembrar.

– Foi o tempo que perdeste com a tua rosa que a tornou tão importante.

"Foi o tempo que perdi com a minha rosa...", pensou ele, para não se esquecer.

– Os homens se esqueceram desta verdade – disse a raposa. Mas tu não deverás se esquecer. Tu te tornas eternamente responsável por tudo aquilo que cativas. Tu és responsável pela tua rosa...

– Eu sou responsável pela minha rosa... – repetiu, enfim, o pequeno príncipe para se lembrar.

XXII

– Bom dia! – disse o pequeno príncipe.

– Bom dia! – respondeu o manobrador.

– Que fazes aqui? – perguntou o pequeno príncipe.

– Eu separo os viajantes em grupos de mil – disse o manobrador. Eu despacho os trens que os levam tanto para a direita quanto para a esquerda.

E um trem rápido e iluminado, estrondoso como um trovão, fez tremer a cabine de manobra.

– Eles estão com muita pressa – disse o principezinho. O que procuram?

– Até o homem da locomotiva o ignora – disse o manobrador.

E apitou, vindo em sentido contrário, um segundo trem iluminado.

– Eles já estão voltando? – indagou o príncipe.

– Não são os mesmos – disse o manobrador. É uma troca.

– Eles não estavam contentes lá onde estavam?

– Nunca estamos contentes no lugar onde estamos – disse o manobrador.

E soou o apito estridente de um terceiro trem iluminado.

– Eles perseguem os primeiros viajantes? – indagou o pequeno príncipe.

– Eles não perseguem nada, eles dormem lá dentro, ou então bocejam. Somente as crianças é que apertam seus narizes contra a vidraça.

– Só as crianças sabem o que procuram – disse o principezinho. Perdem tempo com uma boneca de pano e ela se torna importante, e se a tomam delas, elas choram...

– Elas são felizes – concluiu o manobrador.

XXIII

– Bom dia! – cumprimentou o pequeno príncipe.

– Bom dia! – respondeu o mercador.

Ele era um vendedor de pílulas que foram desenvolvidas para que diminuíssem a sede. Toma-se uma por semana e não se tem mais vontade de beber na semana toda.

– Por que tu vendes isso? – indagou o principezinho.

– É uma grande economia de tempo – explicou o vendedor. Os especialistas fizeram os cálculos. Economiza-se cinquenta e três minutos por semana.

– E o que eles fazem com esses cinquenta e três minutos?

– O que eles quiserem...

"Eu", pensou o pequeno príncipe, "se tivesse cinquenta e três minutos para gastar, caminharia tranquilamente em direção a uma fonte..."

XXIV

Nós estávamos no oitavo dia do problema com o meu avião, no deserto, e eu havia escutado a história do mercador enquanto bebia a última gota da minha reserva de água:

– Ah! – disse eu ao pequeno príncipe –, são muito bonitas as tuas lembranças, mas eu ainda não consegui consertar o meu avião e eu não tenho mais nada para beber... também seria muito feliz se pudesse caminhar calmamente em direção a uma fonte!

– Minha amiga raposa disse...

– Meu homenzinho, não se trata mais da sabedoria da tua raposa!

– Por quê?

— Porque vamos morrer de sede...

Ele não compreendeu o que eu quis dizer e me respondeu:

— Foi bom ter tido um amigo, mesmo que se vá morrer. Eu mesmo estou muito contente de ter tido uma amiga raposa...

"Ele não tinha noção do perigo", disse para mim mesmo. "Ele nunca teve fome nem sede. Um pouco de sol é o suficiente para ele..."

Mas ele me olhou e respondeu ao meu pensamento:

— Também tenho sede... vamos procurar um poço...

Eu tive um gesto de desânimo: é absurdo procurar um poço, a esmo, na imensidão do deserto. Entretanto nós começamos a caminhar.

Quando havíamos caminhado horas, em silêncio, anoitecia e as estrelas começaram a aparecer. Eu as via como em um sonho, tinha um pouco de febre, por causa da sede. As palavras do pequeno príncipe bailavam em minha mente:

— Tu também tens sede? – perguntei a ele.

Mas ele não respondeu a minha pergunta, e disse simplesmente:

— A água também pode ser boa para o coração...

Eu não compreendi a sua resposta, mas me calei... Eu sabia que não adiantava interrogá-lo.

Ele estava cansado e então se sentou. Eu me sentei ao seu lado. Depois de um breve silêncio, ele disse:

— As estrelas são belas por causa de uma flor que não se pode ver...

Eu lhe respondi "com certeza", e, sem falar, olhei as dunas de areia sob o luar.

— O deserto é belo... – acrescentou ele.

E era verdade. Eu sempre amei o deserto. Eu me sentei sobre uma ondulação da areia. Não se via nada.

Não se ouvia nada. E, no entanto, alguma coisa brilhava em silêncio...

– É isto que torna belo o deserto – disse o pequeno príncipe –, é que ele esconde um poço em algum lugar...

Eu me surpreendi, então, ao compreender essa misteriosa luminosidade da areia. Quando eu era pequeno, morava em uma antiga casa, e contava a lenda que nela havia sido enterrado um tesouro. É certo que nunca ninguém o descobriu e nem mesmo o procurou. Mas isso conferia um certo encanto à casa. Minha casa escondia um tesouro no fundo do seu coração...

– Sim – disse eu ao pequeno príncipe –, quer se trate da casa, das estrelas ou do deserto, aquilo que os torna belos é invisível!

– Estou contente – disse ele –, que estejas de acordo com a minha raposa.

Como o pequeno príncipe adormeceu, eu o tomei em meus braços e voltei a caminhar. Eu estava emocionado. Sentia-me estar carregando um tesouro frágil. Parecia-me que não havia nada de tão frágil sobre a Terra. Eu contemplava, sob a luz do luar, sua fronte pálida, seus olhos fechados, suas mechas de cabelo que tremulavam ao vento, e eu me dizia: "o que eu vejo não é senão a casca. O mais importante é invisível...".

Como seus lábios entreabertos esboçavam um meio sorriso, pensei: "O que me comove tanto nesse pequeno príncipe adormecido é a sua fidelidade a uma flor, é a imagem de uma rosa que brilha como a luz de uma lamparina acesa, mesmo quando ele está dormindo...". E eu o sentia então mais frágil ainda. É preciso proteger com muito cuidado a chama das lamparinas, pois um golpe de vento pode apagá-las...

E caminhando ainda, descobri um poço ao amanhecer.

XXV

– Os homens – disse o pequeno príncipe – embarcam nos trens, mas eles não sabem o que procuram. Então eles andam por aí, caminhando em círculos...

E acrescentou:

– Isso não vale a pena...

O poço que nós encontramos não se parecia com os poços do Saara. Os poços do Saara são simples buracos feitos na areia. Aquele parecia mais ser um poço de aldeia. Mas não havia ali nenhuma aldeia, e eu suspeitava estar sonhando.

– É estranho – disse eu ao pequeno príncipe –, tudo está pronto: a roldana, o balde, a corda...

Ele riu, puxou a corda e fez girar a roldana.

A roldana gemeu como um velho moinho quando o vento há muito tempo dormia.

– Tu escutas? – disse o pequeno príncipe – Nós acordamos o poço e ele canta...

Eu não queria que ele fizesse força:

– Deixa-me fazer isso – disse –, é muito pesado para ti.

Lentamente puxei o balde até a beira. Eu ali o instalei bem equilibrado. Em meus ouvidos sussurrava ainda o canto da roldana e, na água que tremeluzia, eu via tremer o sol.

– Eu tenho sede dessa água – disse o príncipe –, dá-me de beber...

E eu então compreendi o que ele havia buscado!

Eu levantei o balde até os seus lábios. Ele bebeu com os olhos fechados. Era doce como uma festa. Aquela água era alguma coisa a mais do que um alimento. Ela era fruto da caminhada sob as estrelas, do canto da

"Ele riu, puxou a corda e fez girar a roldana."

roldana, do esforço dos meus braços. Ela era boa para o coração, como um presente. Quando eu era menino, o brilho da árvore de Natal, a música da missa da meia-noite, a doçura dos sorrisos faziam toda a maravilha dos presentes de Natal que eu recebia.

– Os homens do teu planeta – disse o pequeno príncipe – cultivam cinco mil rosas em um mesmo jardim... e eles ainda assim não encontram o que procuram...

– Eles não encontram – respondi.

– E no entanto o que eles procuram poderia ser encontrado em uma só rosa, ou em uma gota d'água...

– É verdade – respondi.

E o pequeno príncipe acrescentou:

– Mas os olhos são cegos. É preciso ver com o coração.

Eu havia bebido. Eu respirava bem. A areia, ao nascer do dia, era cor de mel. E a cor de mel me deixava feliz. Por que até então parecia que eu sentia tristeza?

– É preciso que tu cumpras tua promessa – lembrou-me docemente o príncipe que, outra vez, sentou-se junto a mim.

– Que promessa?

– Tu sabes... uma focinheira para o meu carneiro... eu sou responsável por aquela flor!

Eu tirei do meu bolso meus esboços de desenhos. O principezinho viu e disse, rindo:

– Teus baobás parecem um pouco com repolhos.

– Ah! Eu que caprichara tanto para ser fiel aos baobás!

– Tua raposa... as orelhas dela... elas parecem um pouco com chifres... e elas estão muito compridas!

E ele ainda ria.

– Tu és injusto, meu caro, eu não sabia desenhar senão jiboias fechadas e jiboias abertas.

– Oh! Isso não importa – disse ele, as crianças vão entender.

Eu desenhei então uma focinheira. E com o coração apertado, entreguei a ele:

– Tu tens planos que eu ignoro...

Mas ele não me respondeu e comentou:

– Minha queda sobre a Terra... amanhã completará um ano...

Depois de um breve silêncio, ele disse ainda:

– Eu caí pertinho daqui...

E enrubeceu.

E, novamente, sem compreender por que, eu senti uma tristeza esquisita. Entretanto uma pergunta me ocorria:

– Então não foi por acaso que, na manhã em que te conheci, há oito dias, vagavas sozinho a quilômetros e quilômetros de qualquer região habitada! Tu voltavas ao lugar aonde caíste?

O pequeno príncipe enrubeceu mais ainda.

Depois acrescentei, hesitante:

– Por causa, talvez, do aniversário?...

O príncipe ficou mais vermelho ainda. Ele nunca respondia as perguntas, mas quando a gente fica vermelho isso significa que é "sim", não é?

– Ah! – disse – Eu tenho medo...

Mas ele me respondeu:

– Tu deves agora trabalhar. Tu deves voltar a atenção para a tua máquina. Eu esperarei aqui. Retornes amanhã à tarde...

Mas eu não me sentia seguro. Eu me lembrava da raposa. Corre-se o risco de chorar um pouco se a gente se deixa cativar...

XXVI

Havia, ao lado do poço, a ruína de um velho muro de pedra. Quando eu voltei do meu trabalho, no dia seguinte de manhã, eu vi de longe meu pequeno príncipe, sentado lá no alto, com as pernas pendentes, balançando. E eu ouvia ele falar:

– Tu não te lembras então? – dizia ele. Mas não foi exatamente neste lugar aqui!

Uma outra voz lhe respondia, sem dúvida, pois ele replicou:

– Não! Não! É este o dia, mas não é aqui o lugar...

Eu prossegui em direção ao muro. Eu não via nem ouvia nada nem ninguém. Entretanto o príncipe replicou, de novo:

– ...Está certo. Tu verás onde começam meus rastros na areia. Tu não terás senão que esperar. Eu estarei lá esta noite.

Eu estava a vinte metros do muro e não via nem ouvia nada.

O pequeno príncipe disse ainda, depois de um breve silêncio:

– Tu tens um bom veneno? Tu estás segura de que não me fará sofrer muito tempo?

Eu parei, com o coração apertado, não compreendendo nada...

– Agora vá embora... – disse ele. Eu quero descer!

Quando eu abaixei os olhos para o pé do muro, dei um pulo! Ela estava lá, erguida em direção ao príncipe, uma dessas serpentes amarelas que nos matam em trinta segundos. Rapidamente procurei no bolso meu revólver e dei um passo à frente, mas com o barulho que eu fiz, a serpente deslizou lentamente confundindo-se com a areia, como se fosse um jato de água que seca de repente, e se escondeu entre as pedras, com um ligeiro ruído metálico.

Eu cheguei ao muro justamente na hora de receber em meus braços o meu querido príncipe, pálido como a neve.

– Que história é essa? Tu conversas agora com serpentes?

Eu havia desmanchado o nó do seu eterno cachecol dourado. Eu molhei suas têmporas e dei-lhe de beber. E então eu não me atrevia a lhe perguntar mais nada. Ele me olhou seriamente e me envolveu o pescoço com seus braços. Eu senti seu coração batendo como o de um passarinho que morre ao levar um tiro de espingarda. E ele me disse:

– Estou contente que tu tenhas consertado o que quebrou na tua máquina. Tu vais poder voltar para a tua casa...

– Como soubeste?

Eu vinha justamente avisar que, contra toda esperança, eu havia conseguido terminar o meu trabalho!

Ele nada respondeu, mas acrescentou:

– Eu também, hoje, voltarei para a minha casa...

Depois, tristonho, disse:

– É bem mais longe... é bem mais difícil...

Eu percebia que estava se passando algo incomum. Eu o apertava em meus braços como se fosse uma criancinha, e entretanto tinha a impressão de que ele estava caindo verticalmente num abismo, e eu nada podia fazer para detê-lo...

"Agora vá embora... – disse ele. Eu quero descer!"

Ele tinha um olhar sério, perdido ao longe:

– Eu tenho o teu carneiro. E a caixa para o carneiro. E a focinheira...

E ele sorriu entristecido.

Esperei bastante tempo. E senti que ele se reaquecia pouco a pouco...

– Meu querido, tu tiveste medo...

Ele tivera medo, certamente. Mas disse gentilmente:

– Eu terei muito mais medo esta noite...

De novo eu me senti paralisado pelo sentimento do irreparável. E compreendi que não suportaria a ideia de nunca mais ouvir-lhe o riso. Ele era para mim como uma fonte no deserto.

– Meu querido, eu quero ainda ouvir teu riso...

Mas ele disse:

– Esta noite fará um ano. Minha estrela se encontrará justamente em cima do lugar aonde eu cheguei, no ano passado...

– Meu querido, não será um sonho ruim essa história de serpente e de encontro com a estrela...

Mas ele não me respondeu e disse:

– Aquilo que é importante não se vê...

– Certamente...

– É como para a flor. Se tu amas uma flor que se encontra em uma estrela, é encantador, de noite, olhar para o céu. Todas as estrelas estarão floridas.

– Realmente...

– É como a água. Aquela que me deste para beber parecia música, por causa da roldana e da corda... Lembras como era boa?

– Sim, lembro-me...

– Tu olharás de noite as estrelas. É muito pequena a estrela lá onde eu moro para que eu te mostre onde está a minha. É melhor assim. Minha estrela será, para ti, uma das estrelas. Então tu gostarás de contemplar todas as estrelas... Elas serão todas tuas amigas. E, depois, eu vou te dar um presente...

E ele riu outra vez.

– Ah! Meu caro, meu querido amigo, como eu gosto de ouvir o teu riso!

– Justamente esse será o meu presente... será como a água...

– O que queres dizer?

– As pessoas veem as estrelas de maneiras diferentes. Para uns, que viajam, as estrelas são guias. Para outros, são apenas pequenas luzes. Para os que são sábios, elas serão problemas. Para os empresários, elas serão ouro. Mas todas essas estrelas estão em silêncio. Tu, só tu, terás as estrelas como ninguém mais terá...

– Como assim?

– Quando tu olhares para o céu, de noite, como eu morarei em uma delas, como eu rirei em uma delas, então será para ti como se rissem todas as estrelas. Tu terás, só tu, estrelas que sabem rir!

E ele riu outra vez.

– E quando tu estiveres consolado (a gente se consola sempre), tu ficarás contente por haver me conhecido. Tu serás sempre meu amigo. Tu terás vontade de rir comigo. E tu abrirás às vezes tua janela, por prazer... E teus amigos ficarão bem espantados ao ver-te rir, olhando para o céu. Então tu lhes dirá: "Sim, as estrelas fazem-me sempre rir!". E eles acharão que tu estás louco. Será uma brincadeira que terei feito contigo...

E ele riu ainda.

— Será como se eu tivesse te dado, em lugar de estrelas, uma porção de pequenos guizos que saibam rir...

E ele riu de novo. Depois ficou sério:

— Esta noite... tu sabes... não venhas.

— Eu não te deixarei.

— Pode parecer que eu estou passando mal... que estou morrendo. É assim. Não venhas ver isso, não vale a pena...

— Eu não te abandonarei.

Mas ele falava sério.

— Se eu te peço isto, é por causa da serpente. É possível que ela te morda... As serpentes são maldosas. Podem morder só por prazer...

— Eu não te abandonarei.

Mas uma coisa o tranquilizou:

— É verdade que elas não têm veneno para uma segunda mordida...

Naquela noite eu não o vi sair. Ele saiu sem fazer barulho. Quando me aproximava dele, ele andava decidido, com passos rápidos. E me disse somente:

— Ah! Tu estás aí...

Ele me pegou pela mão. Mas se aborreceu novamente:

— Tu estás errado. Tu sentirás pena. Eu parecerei estar morto, e isso não será verdade...

Eu fiquei em silêncio.

— Tu compreendes. É muito longe. Eu não posso carregar este corpo. É muito pesado.

Eu permanecia em silêncio.

– Será como uma velha casca abandonada. Não há nada de triste em velhas cascas abandonadas...

Eu continuava calado.

Ele se desencorajou um pouco. Mas fez ainda mais um esforço:

– Será belo, tu sabes? Eu também contemplarei as estrelas. Todas as estrelas serão como poços com roldanas enroladas. Todas as estrelas me darão de beber...

E eu continuava em silêncio.

— Será muito divertido! Tu terás quinhentos milhões de guizos, e eu terei quinhentos milhões de fontes...

E ele se calou, porque estava chorando...

— É aqui. Deixe-me dar este passo sozinho...

E ele se sentou, porque estava com medo.

E disse ainda:

— Tu compreendes... minha flor... eu sou responsável! E ela é tão frágil! Tão ingênua. Ela só tem quatro pequenos espinhos para protegê-la contra o mundo...

Eu também me sentei porque não conseguia mais ficar de pé. Então ele disse:

— Isso é tudo...

Ele hesitou um pouco ainda, depois se levantou. Deu um passo. Eu não podia sequer me mover.

Não houve nada senão um clarão amarelo perto do tornozelo dele. Ele permaneceu imóvel por um instante. Não gritou. Tombou suavemente, como tomba uma árvore. E isso não fez nenhum barulho por causa da areia.

"Tombou suavemente, como tomba uma árvore."

XXVII

E agora, tenho certeza, já se passaram seis anos... Eu ainda nunca havia contado esta história. Os amigos que me resgataram ficaram muito contentes de me reencontrar vivo. Eu estava triste, mas me desculpava: "É o cansaço"...

Agora eu já estou um pouco mais consolado. Mas não totalmente. Sei muito bem que ele regressou ao seu planeta, pois, ao amanhecer do dia, eu não encontrei seu corpo. E não era um corpo tão pesado... E eu gosto, de noite, de ouvir as estrelas. É como ouvir quinhentos milhões de guizos...

Mas eis que me ocorre alguma coisa extraordinária. Na focinheira que eu desenhei para o pequeno príncipe, eu esqueci de colocar a correia de couro! Ele nunca poderá prendê-la no carneiro. Então eu me pergunto: "O que aconteceu no seu planeta? Pode ser que o carneiro tenha comido a flor...".

Entretanto, penso comigo: "Certamente que não! O pequeno príncipe prende sua flor todas as noites sob uma redoma de vidro e vigia com cuidado o carneiro...". Assim, eu fico tranquilo. E todas as estrelas riem docemente.

Ou então eu penso: "A gente pode se distrair uma vez ou outra, e isso é o suficiente. Ele teria esquecido uma noite de colocar a redoma de vidro ou então o carneiro estaria solto sem fazer barulho durante a noite...". Então os guizos se transformam todos em lágrimas!...

Este é um grande mistério. Para vós que amais também o pequeno príncipe, como para mim, tudo fica diferente no universo se, não sei onde, um carneiro que não conhecemos teria ou não comido uma rosa...

Contemplais o céu. Perguntai-vos: o carneiro comeu ou não comeu a rosa? E vereis como tudo muda...

E nenhuma pessoa grande compreenderá jamais o quanto isso é importante!

Esta é, para mim, a mais bela e a mais triste paisagem do mundo. É a mesma paisagem anterior, mas eu a desenhei novamente para melhor vos mostrar. Foi aqui que o pequeno príncipe apareceu na Terra e depois desapareceu.

Olhais com atenção para esta paisagem, para que tenham certeza de reconhecê-la se algum dia a encontrarem no deserto da África. E se acontecer de passarem por lá, eu vos suplico que não tenhais pressa, esperais um pouco, sob a estrela! Se então um menino vier ao seu encontro, se ele rir, se ele tiver cabelos dourados, se ele não responder quando for questionado, vós descobriríeis que é ele. Então sejais gentis! Não me deixem tão preocupado: escrevam-me depressa para contar que ele voltou...